阳光

YANG GUANG ZHEN XIANG

真香

韩万胜 著

黄河出版传媒集团
宁夏人民出版社

图书在版编目（CIP）数据

阳光真香 / 韩万胜著. —银川：宁夏人民出版社，2016.9

ISBN 978-7-227-06446-6

Ⅰ. ①阳… Ⅱ. ①韩… Ⅲ. ①诗集—中国—当代 Ⅳ. ①I227

中国版本图书馆CIP数据核字（2016）第237422号

阳光真香 韩万胜 著

责任编辑 杨敏媛
封面设计 党 静
责任印制 肖 艳

黄河出版传媒集团
宁夏人民出版社 出版发行

出 版 人 王杨宝
地 址 宁夏银川市北京东路139号出版大厦（750001）
网 址 http://www.nxpph.com http://www.yrpubm.com
网上书店 http://shop126547358.taobao.com http://www.hh-book.com
电子信箱 nxrmcbs@126.com renminshe@yrpubm.com
邮购电话 0951-5019391 5052104
经 销 全国新华书店
印刷装订 西安市建明工贸有限责任公司
印刷委托书号 （宁）0002756

开本 787mm × 1092mm 1/16
印张 17.75 字数 150千字
版次 2016年9月第1版
印次 2016年9月第1次印刷
书号 ISBN 978-7-227-06446-6/I · 1666
定价 48.00元

玫瑰纵易名，芳香仍如故

破　破

雨密密地缝着
我在时光之外
把玩着爱情
——韩万胜《我在时光之外》

我感到惊讶，这部《阳光真香》，其中百分之九十的诗竟然被韩万胜雪藏了二十年。二十年可以轻易让很多世俗的东西过期失效，比如个体的爱情，曾经流行的诗歌审美，甚至在时光的流转过程中被无情淘汰的即是作品本身。但是，时间在让某些事物变得暗淡无光之时也让另外一些存在熠熠生辉。《阳光真香》这部集子中的一些诗或许即在这另外一些存在之列，诗隔多年，有如一坛醇酒，一旦开启，就能芳香四溢，扑鼻醉人，拥有了超越时间与机缘的品质。

这部诗集的缘起，大概是一份终归枉然的热烈情怀，也即是说，这部《阳光真香》，试图建构并最终向我们呈现的是一个爱之世界。其中诗人投以永恒关注的是一位咫尺天涯的伊人，她的倩影、裙裾、花园、馨香，无不令人动情歆羡。“阳光真好，让我看清了你的背影”，唯有她圣洁深刻、光艳灼人，其他万事万物都是陪衬，是这场盛大爱情的宏伟烘托（花的海洋、即将诞生的太阳；为爱情动用一片森林，掩杀黑夜，启用阳光），在很多场合只是模糊、空洞的点缀与装饰。

令人疑惑的是，即便诗人特别予以关注的这位冰雪女子，很多情境下，也显得暧昧不明，仿若一个令人忧伤而心碎的美梦，难以一睹其神颜仙姿，更遑论寻觅其芳踪杳迹。诗人只说不画，直抒胸臆，热衷倾诉的只是他的烈焰情思，爱情的弯弯曲曲、短暂易逝，不可追悔的错失（我一生最后悔的事是没有勇敢地向你表白），虚无的幻想（我会用尽二十年的力气，扳住你的肩头，轻轻地贪婪地吮吸你的时光）以及片刻花飞云翔的幸福（见《无语之痛》）、偶尔的拥抱与亲吻（见《长城边》）。

在《君临你的天下》这首诗中，诗人设想了一种美好的情景，为我们揭开了这位女神的形象。

你盘腿坐在一朵莲上
双目微闭　双手合十
听流水拍打忧伤的歌
听我的诗在岸边奔放

你寂静如蓝天的女儿
怀中的白云
是一座无船的渡口

这简单的叙写，几乎表达了无上的渴慕与崇拜，可以看出诗人已经将心爱之人进行了神化。我注意到莲这个词在这部诗集中反复出现。

莲　端坐于圣洁的雪山
无异于仙
弥散着摄魂夺魄的香
——《你》

莲　正迎我绽放她的娇媚
绽放她　千年的香
　　——《千年的香》

……

正如诗人自己所说：

莲　万千首诗中
唯一的意象
　　——《约》

或许莲有具体的对象指涉，但我更愿意将之理解为一种象征。莲乃是净化污浊世间、提升尘世品质的美好力量，引领人类飞升的永恒女性（缪斯）化身，圣洁、温润、优雅、可远观而不可亵玩，乃至诗人心中的香巴拉。

作为诗人的韩万胜并不满足于索然无味的本义言说，他特别赋予了词语超越日常工具性使用的丰富意谓。他的诗篇诉诸莲、香、蓝等一系列终极语汇，用大量的隐喻描绘、装点艰涩的爱情，以期构建一部浪漫主义诗人隐秘的心灵自传，时而追怀时而幻想地向我们诉说他的人生故事。

将莲、香、蓝这样的大众修辞，借用为终极语汇，诗人为使之卓越而超脱、具体而落实，只得肩负西西弗斯的重任，从事一遍又一遍的重写工作，不断变奏，为其填入更为详细而多彩的内容。最终，顺利完成了对这些词语的专有化，就好像月亮专属于李白（韩万胜对此似有清楚的认识，他在《我在一株树下醉酒》里写有“长安的天空被一首诗遮蔽，我的月没有出来”），麦子专属于海子，莲和香专属于诗人韩万胜，再也无法经由别人的描述而被轻易占有。

爱情是人类永恒的主题，是每个人的心灵秘史。我不信任不写爱情的诗人，诚如我不信任只写爱情的诗人，不写爱情的诗人和只写爱情的诗人一样可疑。不写爱情（广义），很难触及永恒；只写爱情（狭义），则很难领悟到人生真谛。很少见有像韩万胜如此铺陈渲染自己的灵魂。多少诗人的爱情，过了知慕少艾的年纪，轰轰烈烈也就变得风平浪静。但是，谁又能否认自己的烈火青春里的那些激情燃烧的岁月呢！与其说韩万胜写的是自己的爱情，不如说他写的是我们曾经都拥有的美好的理想。

韩万胜是一位“世事洞明皆学问，人情练达即文章”的人生导师，言语直快而风趣横生，具有大作家大诗人那种与生俱来的天赋。当然，这种天赋或许不是超越性的，却真真切切地表现了一颗心灵的平常与质朴。

这些情诗和他的外在形象反差颇大，让人不能将之与他进行轻快的联系。易言之，《阳光真香》这部诗集，让我们看到了一位诗人铮铮铁骨的表象下的儿女情长。一位陕北硬汉袒露了他鲜为人知的柔情蜜意，这正是爱情的力量：何意百炼钢，化为绕指柔。他写出了我们人类爱情中普遍存在的那种痛感、那种怅然、那种深沉的寂寞与刻骨铭心。

柠条花　金色的诺言
开在春天深处

你身上散发着迷人的清香
绿花格子衬衫
兜来蝴蝶蜜蜂不知名的小飞虫
还有一队蚂蚁　闻香而来
——《爱就是弯弯曲曲》

韩万胜是广义上爱情的咏赞者，除了凋谢整个春天的一朵花（莲），他还记挂着红碱淖、遗鸥、钥匙、赶路人（黑夜赶路的人，都是伟大的人，因为他们怀揣金子）、一把生锈的剪刀，即便一只鸣叫的乌鸦，在他看来也有几分禅意与神秘。

我被夏天淘汰出来
站在一株菩提树下
听一只乌鸦诵经

我没有遗憾
我的足迹遍布蓝天
我已收藏了太阳的火焰
——《听一只乌鸦诵经》

甚至一辆小汽车——现代工业文明的产物，都能引发他的诗兴沉思。

倒过来
小汽车
像一只蜗牛
它前进一点多么不易啊

它倒过来了
是为了
搭载一位思想者
——《倒过来》

亚里士多德发现，在各类作者中，诗人最喜欢自己的作品。言下之意也即诗人很难喜欢同行的作品。但是，我一直很欣赏韩万胜，和他那些情智兼美的小诗。我觉得他是一流诗人，看过他那么多平淡之作，以致有时候，我几乎被迷惑，以为他的写作无足轻重，以为如其所言，他只是个“著名诗歌爱好者”。

我非常喜欢韩万胜这样自谦的定位，并为他这简单的机智所深深折服。著名诗歌爱好者，在这个短语里有诗歌的一席之地，而且那么明显，那么显著，它突出强调的是诗歌的主体地位，也表明了一个诗歌写作者的上进求取的心志：一切尚未俱足，有待进一步完善。相反，在著名诗人、非著名诗人这样的短语里重要的是人，好像诗已经圆满，作者已经取得了无可否认的诗性成就。稍加留意，我们就不难发现，当下不少人为了成为诗人，不是好好写诗，而是剑走偏锋，颠倒轻重，将功夫下到诗外，刻意而为许多放荡怪诞之举。

《影响的焦虑》的作者布鲁姆说：一首诗不拥有任何东西，也不创造任何东西。一首诗的呈现乃是一个承诺，乃是所期望的事物本质的一部分，乃是尚未见到的事物的证据……一首诗的意义只是说有，或更确切地说曾有另一首诗存在。他的论断无非是意在强调阅读之于诗人的重要性。众所周知，诗人在大多数情况下确实是靠读诗人的诗才成其为诗人的，但是有些诗人，真的是横空出世的天才，也有像韩万胜这样的诗人，确实主要是由爱情所造就的。

所以我说，在韩万胜这里，一首诗的意义只是说有，曾经有那么一位心上人，虽然如今情疏迹远，但是玫瑰纵易名，芳香仍如故，时光渐老，痴心不改，她永远值得诗人怀念并且无止境地赞美：

我是一个不知疲倦的歌手
一个厚脸皮的歌手
五音不全　时常跑调　但丝毫
不影响我对你的歌唱
歌唱你绿格子衬衫飞扬的背影
歌唱你蓄满晨露的脚印

歌唱你一个人的荒凉与惬意
歌唱你在十字路口的果敢与激情
——《这不是一个人的时代》

或许韩万胜不是我们这个时代最好的歌者，但无可辩驳，却是我们这个时代最专注、最执迷的爱的修持者。他的这种用心，可比拟但丁之于贝雅特丽齐的深情。在《从此，我只关心天下》这首诗中，诗人通过反讽的手法告知我们，他所关心的天下，其实就是“天下的你，二十年前我梦中的她”。至此，翩若天仙的女神下降凡尘，我们了解到她孤独、患有鼻炎，也有慌乱的眼神，冰凉的手脚缺少春天的气息，在柴米油盐酱醋茶的世俗生活中保持着琴棋书画诗酒花的超脱情调。

这是一枝生长了二十年的玫瑰
我不敢送你
独自在暗夜里闻香
——《怀揣一枝玫瑰》

尽管诗人再也不是二十年前那个单薄而一无所有的男孩，并且也大胆宣言“我不甘心，我有一列火车的火柴，我想擦遍天上所有的星星（见《我有一火车的火柴》”）点燃你，“拒绝我，就是拒绝阳光，拒绝春天与飞翔（见《拒绝我》”），然而她依然不为所动，始终和诗人保持着不可逾越的距离。正是在这不可接近的距离之中生长着永不凋零的玫瑰，诞生了一代又一代浪漫的诗人以及那些传世之作。

我这药毒性极强
是我用二十年跋山涉水所采的偏方
熔炼而成

我佩服你的抵抗力
凤凰涅槃
浴火重生
你又一次成为女神
——《我是毒药》

2016.1.25

目　录

玫瑰纵易名，芳香仍如故　破破　/ 1

阳光真香　/ 1
莲　/ 2
满世界只有一朵　/ 3
活在梦中　/ 4
背影　/ 5
金子　/ 6
假若时光倒流　/ 7
问一下　/ 8
怀揣一个青涩的梦　/ 9
穿越　/ 10
痕迹　/ 11
时光　/ 12
远和近　/ 13
错与对　/ 14
我的心　/ 15
旗云　/ 16
灯光　/ 17

春风　/ 18
二月二　/ 19
蓝　/ 20
毒药　/ 21
献礼　/ 22
踏青　/ 23
叫醒你　/ 24
泅渡　/ 25
闻香　/ 26
黎明　/ 27
争春　/ 28
倒过来了　/ 29
云朵下的张望　/ 30
叙述　/ 31
貂蝉　/ 33
你的香　/ 34
收藏　/ 35
你的手　/ 36
珍珠　/ 37
哭吧　/ 38
电话　/ 39
早已在等　/ 40
怀揣一枝玫瑰　/ 41
春天和你相遇　/ 42
一尊女神　/ 43
呵护这份香　/ 44
你　/ 46

莲子 / 47
心脏 / 49
把春天囚禁 / 50
刻在心上 / 51
爱情 / 52
闭上眼 / 53
想你 / 54
送我一个春天 / 55
为春天喝彩 / 56
相逢在春天 / 57
雨声切切 / 58
给我一把柳叶刀 / 59
你随后就来 / 60
不尽的思念 / 61
思念 / 62
洗澡 / 63
等着我 / 64
千年的香 / 65
隐身生涯 / 66
孤香 / 67
如果 / 68
约 / 69
静是你的唯一 / 70
疼痛 / 71
看清你 / 72
角度 / 73
雨 / 75

无题　/ 76
一列火车　/ 77
目光　/ 78
你的鼾声　/ 79
莲　我想　/ 80
祭坛　/ 81
你是仙子　/ 82
红酒　/ 83
无语之痛　/ 84
寻找　/ 85
秘密　/ 87
美丽之夜　/ 89
爱之絮语　/ 91
等什么　/ 92
钥匙　/ 93
家　/ 94
怀抱月亮　/ 95
浇灌爱情　/ 96
登高望远　/ 97
赏　/ 98
出路　/ 99
伞　/ 100
香吻　/ 101
我在草木间寻芳　/ 102
拒绝我　/ 103
迟来的守护者　/ 104
爱就是弯弯曲曲　/ 105

相视一笑 / 107
一枝莲 / 108
长城边 / 109
君临你的天下 / 111
我爬上一株太阳树 / 112
慢下来 / 113
我对你的爱 / 114
迟来的吻 / 115
醉饮长城 / 117
宣告 / 118
啊 我的爱人 / 119
时光 / 120
把一黑夜的爱给我 / 121
这不是一个人的时代 / 122
生长爱情 / 124
这个字 / 125
为爱情 / 126
你的梦 / 128
红碱淖畔睡美人 / 129
漫步湖边 / 130
夜 / 131
围城 / 132
她来了 / 133
玻璃光 / 134
还你一片宁静 / 135
从诗里走出一片污垢 / 136
在春天 / 137

芒种 / 138
孤独 / 139
今天天气意外的好 / 140
寻找 / 141
独守阳光 / 142
回光返照 / 143
苦等也是一种享受 / 144
思念是看不见的 / 145
井 / 146
这个季节无雨 / 147
独自在长城边守望 / 148
问春 / 149
端午在秃尾河畔 / 150
红雪莲 / 151
热爱生活 / 152
困 / 153
粽子 / 154
忧伤 / 155
我端着你的名字 / 156
身后的响声 / 157
安静的时光不会太长 / 158
红月亮 / 159
你 / 160
咫尺天涯 / 161
梅花 / 162
除了爱 我一无所有 / 163
一生的后悔 / 165

我看不透你 / 166
谁的哭声 / 167
我是毒药 / 168
礼物 / 169
从此 我只关心天下 / 170
多情最恨花无语 / 171
我躺在阳光的怀抱里 / 172
生怕你消失在春天之外 / 173
宁静的午后 / 174
莲 你知道我在想你吗 / 175
请打开你的心房 / 177
布阵 / 178
注定有一场风暴 / 179
塑造 / 180
就爱你一分钟吧 / 181
贴着你的手心 / 182
我爱在雪地上行走 / 184
无题 / 185
歌唱一位月光下的女子 / 186
雪在我内心融化 / 187
院里的阳光 / 188
坐在雪花里的一个人 / 189
今晚有红月亮 / 190
红月亮的红 / 191
我不是一个忧伤的人 / 192
你的声音 / 193
漏了你 / 194

咫尺天涯有多远 / 195
周末 / 196
我是一个木匠 / 197
半夜醒来 / 198
瞭望是一种痛 / 199
千年等待 / 200
我向你出发 / 201
看你的背影 / 202
四月 / 203
残缺的月亮 / 204
无语 / 205
突如其来的一场风 / 206
阳光 / 207
桃花 / 208
夜行 / 209
卧云山的云 / 210
等 / 211
守护一片阳光 / 212
杏花岭 / 213
无题 / 214
情王 / 215
一颗星辰 / 216
绿 / 217
门 / 218
真实的思念 / 219
缘起 / 220
春天 / 221

切割 / 222
我还得爱你 / 223
我 / 224
核 / 225
今夜的月光 / 227
雨 / 228
为了忘却的纪念 / 229
我的春天缺少一株桃花 / 230
莲 / 231
月光 / 232
我不想和你擦肩而过 / 233
风暴 / 235
阳光落在我的眉上 / 237
我把整个心脏掏空 / 238
阳光逼近你的时候 / 239
果实 / 241
疼痛过后 / 242
你知道思念是什么 / 243
相思 / 245
走遍五月 / 246
如果雪来了 / 247
月光下 / 248
立夏前的一场雪 / 249
雨 / 250
杏花 / 251
我常在 / 252
我埋藏的不是你 / 253

春雨 / 254
王妃 / 255
野苜蓿也开花了 / 256
转身 / 257
不要这样急 / 258
在雨中奔跑 / 259
打电话 / 260
我看到电话那头的你 / 261
问世界谁是我 / 262

后　记 / 263

阳光真香

阳光真香
一种说不出滋味的香
一种找不到出处的香
一种浑身舒服的香

阳光真香
香得我眼睛迷离
香得我骨头发软
香得我灵魂颤抖

阳光真香
是积淀了千年的善良吗
是积淀了千年的执着吗
是积淀了千年的大爱吗

阳光　阳光　阳光
我的爱情之光
我的生命之光
我的快乐之光

莲

莲
做你的一缕香
也好
做你的一丝茎脉
也好
做你水域里的一滴
也好
甚至　做你根部的一坨
污泥
也　好

满世界只有一朵

莲
满世界只有一朵
莲
满世界只有你香着

我轻轻地伸出一双
沧桑之手
想植你于
我灵魂的峰顶
让血液围成你的天池

我慢慢地打开心房
想收拢你的香　储藏你的香
穷尽一切手段保鲜
永生永世啜饮　吮吸……

活在梦中

你终于出现在我面前
若干年前已死的那个梦
正一点一点
复活

这该怎么办
我不敢碰你的目光
不敢　生怕
飞出闪电

我只能活在梦中
保持原样
哪怕一切都是伪装
也要笑对生活

没有人知道我
在漆黑的夜里
把伤口里渗出的血
独自舔食

背　影

是否有一双眼睛
紧紧地盯着你的背影
跟随了二十年

是否

你不觉得疼
难道不觉得痒吗

金　子

沉积经年的香
被我
淬炼成一块金子

我小心翼翼地
把它的光芒
珍藏

假若时光倒流

假若时光倒流
我们仍然是陌路

我不会　拿刀
给自己
划一道伤口

问一下

从爱
到恨
有多远

你问一下
额头上的皱纹
如果它说不清
那就问一下
心上的伤疤

怀揣一个青涩的梦

我把一个青涩的梦
一直揣着

几十年啊
风如针
雨如鞭……

我时不时地
把它捂热
生怕它
受凉

穿　越

穿越……

这需要多大的勇气
也许
得拼到死

痕　迹

裁一段青春时光
你数一数
它有多少
惊悸与唐突

裁一段时光
看青春
是否　刻下痕迹

时　光

过去
时光嫩
我也嫩

现在
时光老了
我也成精了

远和近

远远的　看你的背影
飘过我人生的高高低低

近近的　看你的一颦一笑
蚕食我半世定力

错与对

无论我做错什么
那都是过去的事情

无论我做对什么
那都是现在的事情

错与对　佛
都会原谅

我的心

你的背影
牵着我的心
从卑微
走向高贵

我的心
几十年
一直被你的香
围困

旗　云

你是珠峰顶上的雪莲
登
或爬
我都无法企及

穷尽一生的办法
只有一个
猎猎旗云

灯　光

我由不得
抬头看看那扇窗户
灯亮着
人不在

灯光
好孤独
夜
好委屈

春 风

今天是春风
春天的风
包围了我

我多年累积的
伤
一瞬间
化为满面春光

二月二

理发师是个女孩
纤纤素手
如莲的香
拂过我经年的烦恼

我一抬头
抖落一地鸡毛

蓝

这是你的蓝吗
猝不及防
奔袭了我
多年的离散啊
一点一滴　把我淹没

这是你的蓝吗
弓马锋镝
杀气腾腾
征服着我的草原
征服着　我雕花的马鞍

啊
莲
这不是你的蓝
是我生命的蓝
穿越两个世纪
铺天盖地
压榨着我的骨头我的血液

毒　药

这包
最眩的毒药
我制造了二十年

悬挂在门楣上
或藏于我的腰间
都是　渴望相逢
渴望被毒

莲　与你相比
还是先把我毒死吧
让我试试它的药力
留着你
香我们未尽的韶华

献 礼

你也许在跑步
这是我的猜测

我却在
把一整夜的相思
一一整理
放在诗里

为的是
给即将升起的太阳
献礼

踏　青

你去踏青
肯定有野花
为你献媚

一朵　两朵
不止
肯定是花的海洋
满山的春

顺便
我也把祝福
捎给你——
春天的女儿

叫醒你

我不叫醒莲
叫醒你

叫你
是为了让你欣赏我
子夜写就的诗

在子夜写诗
能有几人

能有几人
在子夜为你写诗

泅　渡

香
沉入水底

莲
跃上波头

湿漉漉的
是我的前半生

后半生
蜃边的爱情
在水一方泅渡

闻　香

我在漆黑的夜里
闻香
只见一蓬莲叶
遮住了我的眼睛
覆盖了我的惊慌

月亮落了
太阳还未起
遍地目光
唯独没有我的那双

黎 明

你睡得正香
此刻
香
从你的黑夜
一波又一波

漫过我的黎明……

趁太阳还未升起
我把这香
给即将退隐的月亮
双手呈上

争 春

你在烂漫野花中
是否会
回眸一笑

是否会
迎着我的目光
灿然怒放

野花可能会笑你
你游离的眼神
被一座高山挡住

这是早春二月
还有一抹残雪
在争春

倒过来了

倒过来了
小轿车
像一只蜗牛

它前进一点多么不易啊

它倒过来了
是为了
搭载一位思想者

云朵下的张望

你不由得退了几步
悬崖边上的树
抖落一身惊慌

你攥紧了香
攥紧了几十年的时光
攥紧了开了又谢
谢了又开的莲花一朵

你在云朵下张望
布满血丝的目光里
夹杂着潮湿

雾从谷底升起
你根本不知道
我在你看不见的深渊
已铺好厚厚的香

叙 述

我听着你平静的叙述
感受到　平静下面
其实是惊涛骇浪

犹如一只蜜蜂
正在花蕊上舞蹈
却被一场疾风
折断了翅膀

犹如一株莲
正在一方水域恣意盛放
却被潜伏的水怪
咬断了茎脉

有谁还能像你一样
把痛苦
摊成深秋的薄霜

有谁还能像你一样

把汹涌的波涛
化为沉默的岩石

你不动声色地叙述
一句又一句
如匕首
扎向时间的心脏

貂 蝉

你去米脂
回来带给我　一个
貂蝉

凄美绝艳
站在我面前
泪光闪闪

我不认识她
她说她认识我
曾被我的一首诗
感动得失眠

你的香

此刻
莲
你的香
正从那方水域升腾
脱离了凡胎
偷偷地流出
濡染了这明媚的夜

这个夜
不是因为春
因你的香
而生动万千

收 藏

风
告诉我
你的香
已被星星收藏

星星
是轻易不会
交出来的

你要么
两手空空
要么
独自去流浪

你的手

你的手有点冰冷
缺少春天的气息

十指如葱
却拈不起一朵
人面桃花

珍 珠

你的眼泪是珍珠
我仔细地把它捡起来
一颗　又一颗
轻轻地吹去微尘

我想把它做一串项链
如果有机会
我会亲手戴在你
白皙的脖项上

哭　吧

你哭吧
号啕大哭吧
我知道你积攒的痛
不是以时间计算的
我知道你内心的江河
应以决堤的方式倾泻

我能为你做什么呢
只能默默地
递给你一方蓝天

电　话

你来了电话
说
不参加了

我怔了一下
脸有点灰暗
目光　变得漂浮起来

本想给你敬两盅
谁知
敬醉了自己

早已在等

早已在等……

你从一颗苹果里
切出　两部分
切出　一种煎熬

窗外的阳光
悠闲地散着步
室内的君子兰
独自绿着

你盯着那两块苹果
眼睛　布满血丝

怀揣一枝玫瑰

怀揣一枝玫瑰
紧紧地捂着它的香
生怕　流失

这是一枝生长了二十年的玫瑰
我不敢送你
独自在暗夜里闻香

春天和你相遇

春天和你相遇
是一种怎样的美好

是一种怎样的感动
是一种怎样的惊悸

我真想告诉每一座山每一块石头
我真想告诉每一条河每一滴水

让它们分享我的痛　快乐
还有睡梦中流淌的音乐

让它们欣赏我睫毛上的舞蹈
欣赏　突然变得晴朗的天气

为你点一支烟吧　春天
让这种默默的燃烧祈福你

为你敬一盅酒吧　春天
杯影里　有我青春的壮丽

一尊女神

一尊女神
被阳光团团包围
它面带微笑
兰花指
轻轻弹出桃花香

我一生的愿望
就是做一缕阳光
游走在她的世界
亲吻每一寸芬芳

呵护这份香

呵护
这份香
用一生　够了吧

一生是多长
从夜到昼
从出生到死亡

如果用脚印去丈量
它没有尽头
有的只是且行且珍惜

如果用心灵去航测
一生　就是
一朵花从绽放走向圣洁

如果用目光去探寻
一生啊　就是
分分秒秒的轮回

年年月月的吟唱

呵护
这份香
用一生肯定不够
还得加百年时光

你

比水更温柔的
是你的目光
比山更霸气的
是你的心

从清冷的月华
到夺目的阳光
从瞬间的消逝
到永恒的景象

你端坐于
圣洁的雪山
无异于仙
弥散着摄魂夺魄的香

莲　子

我悄悄地潜入你的花园
寻觅着二十年前
丢掉的那颗莲子

一切工具都使用过
放大镜　探矿灯　显微镜
甚至探测仪
均无所获

你隐藏在自己的花园
清风明月
莳弄着君子兰　文竹　莲
高高的围墙　无门

假寐的夜　伴着
包衣的金子
在哪一条皱折中远望
在哪一方水域独语

时光渐老　春心犹在
我在梦的边缘
竟然把一束薰衣草
嚼碎　吞咽……

心 脏

慢慢　我打开心房
轻轻　我取出心脏

这是一件异常活跃的东西啊
我把它细细端详

一舒一张
点赞生命的高贵与顽强

一开一合
血液里盛满爱情的光芒

我不想把它放回去　我在等待着
另一颗心脏……

把春天囚禁

让我放弃这个念头
很难
人面桃花相映红
这是雪藏了二十年的一个念头
它的执着
足以击穿一颗顽石

让我捧起你的脸吧
捧起这满山的桃花
一朵一朵吮吸
一瓣一瓣品咂

最后　给你建一小屋
把春天囚禁
供我独享

刻在心上

匆匆　走过你的门口
怕室内流出的香
灼伤我

我是一个单薄的男孩
除了内心的强大
我一无所有

暗恋你的日日夜夜
我唯一能做主的
就是把你的名字刻在心上

爱 情

不经意
这两个字
跳到我面前

我佯作镇静
铺开一张白纸
写着什么

内心的慌乱
早已沉淀为一种幸福
紧紧贴在胸口

闭上眼

闭上眼
雨声切切
仿佛在找寻久远的记忆

闭上眼
听心跳的声音
如鼓擂响

闭上眼
世界只有我俩
爱情就在唇间

想　你

一整天只两个字
想　你

就是河流
它也要情不自禁地
倒流一段

就是高山
它也要用一阵飞石
表达它的动容

时光能倒流多好啊
我会一一捡拾碎成八瓣的梦
重塑它的形象

光阴能逆转多好啊
我会为你准备一方肥沃的水域
催你恣意怒放

送我一个春天

你说
要送我一个美丽的春天

我期待着　期待着
会夹杂几粒急躁的沙尘吗
会携带一股低矮的寒气吗
会裹挟几抹衰败的残雪吗

我期待着　期待着
没想到一树艳艳桃花
拿下了我悒郁的春天

为春天喝彩

听风
从心的缝隙穿来
带着七分醉意
斟一碗雨点
呈给春天

春天是我们的春天
桃花红　杏花白
红的是我的血液
白的是你的脸
一起　为春天喝彩

雨点已成为大地的珠玑
风是香的引子
我们无言
地火般的寂静中
等待彼此的穿越

相逢在春天

风
起于心的微澜

泪
悬在梦的边缘

情
发于水中的莲

爱
相逢在春天

雨声切切

春雨急至
催我奔赴
满街的花灯啊
亭亭如莲
楚楚动心

雨声切切　无伞
抬头间
天空张开硕大的臂膀
罩住了我们的绿

给我一把柳叶刀

给我一把柳叶刀
我把这二十年时光
一层一层剥离
直抵　你的心脏

然后　我割破动脉
围着它流一条河
让我的血液
滋养它的芳华

你随后就来

腊月二十二
灶马爷的女儿偷偷下了凡
她告诉我
你随后就来

可我追赶了几十年
总落在她的后面

不尽的思念

我把这不尽的思念
一点一点　捣烂
糅合进我半世温情
在文火上焙干

未来的某一天　我会
小心翼翼地呈在你面前
不是献殷勤
也不是
讨好
我只想
它能治好你身上的暗伤

思　念

思念是一阵急雨
噼里啪啦
打得我的心
落花流水

思念是一道闪电
激活我全身细胞
蚁群般啃噬着我的心

思念是一声闷雷
碾过我过去及未来的岁月
折磨着　一座山峰

洗　澡

你肯定在洗澡
洁白的肌肤上绣着梅花
那是上苍的赐予
让你　活在芬芳里

你肯定在洗澡
淡淡的愁　莞尔一笑的快乐
被水声搅起　搅起
世纪情缘

你肯定在洗澡
我把我派在你的浴室门口
像一个警卫　守护着
一个跨世纪的传说

等着我

等着我
我把夜色
精心裁剪
为你缝一件梦的衣裳
让明天的飞翔
有星光护佑

等着我
我把月亮
研磨成粉
敷在你灵魂深处的伤口
让未来的岁月
有皎洁的光泽

等着我
让我把二十年前种在心里的你
慢慢激活　然后
浇水　施肥　萌芽
开一片淡紫色的花
芬芳我们沧桑的世纪之春

千年的香

我已拔不动脚了
一片芬芳的泥淖
陷入我成熟的岁月

听水声
不啻是那方水域
来自遥远的雪山
旗云猎猎

啊　莲
正迎着我绽放她的娇媚
绽放她　千年的香

隐身生涯

我沉醉于二十年的隐身生涯
蹑手蹑脚　不离不弃
影子一样
追随着你

日夜潜行
观察着你一朵花的春天
观察着你被闪电划开的伤口
观察着你在萧萧落叶中的独舞
观察着你在白雪中的静守……

你不知道　我在明处
你在暗处
我的目光　蛇一样
缠着你的影子

孤　香

有一种善良
叫等我

有一种真诚
叫等我

有一种执着
叫等我

有一种缘分
叫等我

啊　莲
等我的不是你

是雪山顶上的　那朵
千年孤香

如　果

如果　我在你身后
大喊一声
你是否会扑入我的怀中
用你娇小的拳头
捶去我二十年的郁闷

这只是幻想
如果相逢的确是在你的身后
我会用尽二十年的力气
扳住你的肩头
轻轻地　贪婪地
吮吸你的时光

约

我把浓浓的灯光
读成你的水域
隐隐约约
一朵莲绽放

我把淡淡的岁月
穿成一本诗集
莲　是万千首诗中
唯一的意象

我把我轻轻地放入杯中
倒入少许的红酒
端到你面前
饮吧　前世今生的约

静是你的唯一

静是你的唯一
是天空的蓝
是涧水的纯
是月色的美

我如执戈之俑
守护在你的门外
这是一扇千年之门
绝不会有重复的人出现

你在屋内独舞
心灵之舞何等恣肆汪洋
如莲　舞动春天
舞动绿水世界

我驱赶着黑夜
驱赶着蚊虫和陷阱
我揽满天星光
镀你金身

疼　痛

一颗泪　一块石头
砸疼了你

疼痛波及了整个春天
也波及了我

春天刮起了沙尘暴
我被困在一间小屋里

时光迅速倒退
美好被无限放大

在水中央
漩涡开成莲花

落入阴影的鸟声
竟成绝美的音乐

佛啊　请告诉我
谁来搀扶跌倒的你

看清你

只有雷雨过后的云
能看清你的背影

只有跌落草丛的星
能看清你隐秘的惊慌

只有潜入湖里的月亮
能看清你黑夜失血的脸庞

只有怀抱死亡的狼毒花
能看清你残缺的春天

只有路边被践踏的尘埃
能看清你一瘸一拐的脚印

莲啊　雨声急急
催你回家

角　度

你看到的是鲜花
我看到的是野兽

你抱紧的是虚无
我抱紧的是血液

你披着神仙的外衣
我穿着蓑衣

你举着断肠草狂奔
我依偎着薰衣草舐香

你在雨中孑然独行
我在雨中听心跳的声音

你抱着别人取暖
我拾一捆柴薪自燃

你把秋天的忧郁埋藏

我把收获的欣慰展现

你想强行闯出一条路
我舞着扫帚清理覆盖的雪

你在黑夜找不着北
我头戴星光追赶日出

雨

雨
时下　时停
以至于
你想淋个透湿的愿望
都没办法实现

无 题

是归零　还是填充
说不清

与残雪对饮
破碎的是春的声音

谁的归程
被你阻挡

菩提树下
满脸泪痕

一列火车

一列火车
拉走了你的春天

又一列火车
送来了我的春天

春天啊　该感谢你
还是感谢火车

目　光

你的背上
爬满我的目光

密密麻麻的目光啊
蚂蚁一样
叮透了你的皮肤

我看到你的影子
渐渐地弯了下去

你的鼾声

我已听到你的鼾声了
微微的　犹如
莲叶拨动的水声

你鼻尖上细小的汗珠
是芳香的结晶
是岁月的盐
是你体内　千回百转出的
一颗又一颗珍珠

你侧卧而眠
优雅如睡莲
蜷曲的双腿　紧紧箍着
这份从黑夜里走出的
爱

莲 我想

莲
我想装成一个瘸子
被你永远搀扶
我想装成一个瞎子
被你永远牵引
我想装成一个聋子
被你永远代言

啊 不 不 索性
躺成一条路
任你践踏

祭 坛

我想象着你在打扫房间
打扫　一个人的时光
打扫　岁月的尘埃

你从一片森林中走出来
旅行箱里装满一片又一片
舒展的叶子　一片又一片
含情脉脉的阳光

你丢了自己
又把她找了回来
在一个隐秘的小石潭里
你痛痛快快洗了一澡
然后　打碎了祭坛

你供奉的是你的心
我供奉的是神圣的爱
一枝莲打开窗户
涌入满屋的　是
一声又一声的叩问

你是仙子

莲　裙裾飘逸
宛如梦中出来
亭亭立于天地间

你是仙子
煦风一样的软语
丝绸一样的肌肤
星光一样的眼眸

我影子一样贴着你
贴着你的心跳而心跳
贴着你的呼吸而呼吸
贴着你的思考而思考

啊莲　要么把你给我
植入我的心房
要么把我给你
做一根拐杖

红　酒

我把红酒
一杯　一杯
注入我的血液里
再把桌上的蜡烛
点燃
满屋子的浪漫
弥散着经年的香华
哦　莲
今夜如歌如诗
今夜如梦如幻
今夜　浓缩了二十年

无语之痛

我用
二十年若隐若现的相思
二十年若即若离的追随
换得
二十天心慌眼乱的快乐
二十天花飞云翔的幸福

爱人啊　我该怎样
浓缩这二十年的痛史
拉长这二十天的奢华
用泪啊　它太脆弱
用血啊　它太悲壮

爱人啊　你能用什么
让我把你永久地珍藏

寻　找

1

我把夜掀开
仔细地寻找
那株丢失的莲

银河里没有
月宫里也没有

大海的梦里没有
高楼的檐角上也没有

夜行人的行囊里没有
记忆中的百草园也没有

2

谁能点亮我的星光
谁能照透我的心事

谁能在伤口上舞蹈
谁能在哭声中大笑

谁能于波浪中安详如神
谁能于雪山顶临风不惊

我把夜　轻轻合拢
蓦然回首
莲　却在我的屋后

秘　密

你确定
你的心还在你的心房吗

告诉你一个秘密
二十年前
我已悄悄潜入你的心房
可无从下手
一直潜伏着　潜伏着
时光如刀
残忍地切割着我的念想

你历经繁华
也历经沧桑
你的血液里　红梅朵朵
昭告我
平静下的燃烧
孤独中的绽放

岁月神偷

啊　你的心
终于被我起获　运走
放置在我生命的高处
击掌　欣赏

美丽之夜

你的美是红酒的美
是烛光的美
春天的美

我在时间的滴答声里走来
带着一块生锈的盐
一本发黄的诗集
一根宁折不弯的骨头

我坐在你的对面
在饮
红酒那洒脱的美
烛光那孤独的美
春天那超凡的美

你脸颊泛红
妩媚向四周扩散
我没看见任何抵抗
春天　不费吹灰之力

占据了一座酒庄

我抚摸着两只晶莹剔透的杯子
抚摸着无声的音乐
我在你点亮的黑夜中
找到了翅膀

爱之絮语

你想或不想
思念都不曾停止

你见或不见
目光都从未远离

你来或不来
我一直在等你

你爱或不爱
爱已生根萌发

啊莲　给我一双翅膀
我还你一片蓝天

等什么

在芸芸众生中
找一个人很难
找一个知心爱人
更难

大千世界
更多的是陌生　还有
熟视无睹的冷
皮笑肉不笑的脸
还有　残忍的阴谋

能像这样交谈　交流　交心
甚至　把赤裸裸的你
真诚地交给我
少之又少

不珍惜还等什么
不珍爱还等什么
不珍藏还等什么

钥 匙

一面鼓
放在幽暗的小屋
寂然十年
无槌落下

一片大森林
生产着负氧离子
生产着枕木　椽　栋梁
生产着你我的阳光

我削了一柄鼓槌
一柄　能敲响
世纪之鼓的槌

然而　我却
没有小屋的钥匙

家

我给你带着纱布
去痛片　还有
止咳糖浆

踽踽独行
二十年
却
找不到你的家

怀抱月亮

怀抱月亮
吻她冰凉的唇
吻她如水的芊丝
吻她闪电的睫毛
吻她苍白的山峰

我虔诚地俯下身子
倾注二十年的热量
催开一片夜色
卷起满天星光

呵　人间之美
怎荒唐得如此痴迷
竟不想从黑夜里走出

浇灌爱情

我想在太平洋底放个水泵
把那蓝蓝的水
抽向西北

储满我一千口水窖
随时浇灌
我们生长的爱情

登高望远

我把所有的椅子
摞在一起
登高
却
不及你的目光
望远
却
不及你的发梢

赏

我给春天
打了一针
春天一激灵
赏了我一场爱情

出　路

一个多么可怕的念头
像黑夜占据了我的心
四野漆黑一团
看不清出路

来时的春天
已被一朵花凋谢
微香　四处流浪
找不到家

我趟进一片水域
去摘那朵莲
只见天幕上一团乌云
雷声滚滚……

伞

那是谁
走在春天的雨中
头也不回

我拿着一把伞
撑着二十年
变幻莫测的天空

却没有为你
撑住
一场纷纷淋淋的雨

香 吻

我要把这个香吻藏起来
藏在我心灵深处的那间小屋
想了　偷偷地翻出来
舔舐一遍

今日立夏
这是我收到的最贵重的礼物
它是花朵在阵雨后的恣艳
它是整个春天的结晶

没有什么比这个吻香
它胜过人世间最好的水果
空气中弥漫的浓浓爱意
使这座老旧的大楼
生动了许多

我在草木间寻芳

我在草木间
寻芳
来时的路
被春天覆盖

你躲在一朵花后面
窃笑
我的呆傻
我的执着

我已修起一座花房
想请你入住
想让香　温暖
悲情余生

我会珍惜每一片叶子
以及叶子上晶莹的露珠
露珠里明亮的眸子

我会把春天永远留住
单独为你
绽放　酿蜜

拒绝我

拒绝我
就是拒绝阳光
拒绝奋力冲破云层的阳光

拒绝我
就是拒绝春天
拒绝饱受风雪之苦的早春二月

拒绝我
就是拒绝飞翔
拒绝受伤的翅膀再一次的梦想

拒绝我
就是拒绝五彩斑斓

拒绝我
就是拒绝姹紫嫣红

拒绝我
就是拒绝风云雷电

啊　请不要拒绝我
你的春天应有我

迟来的守护者

莲之香
咯疼了时光

我是迟来的守护者
我支起了我的骨头

风从涌泉穴一路刮过蓝天
我把你　藏在一朵白云里面

爱就是弯弯曲曲

我在一株蓬头柳下
听你讲述
阳光在周围流动
温暖一步步逼近我

一段明长城逶迤着我们的心情
柠条花　金色的诺言
开在春天深处

你身上散发着迷人的清香
绿花格子衬衫
兜来蝴蝶蜜蜂不知名的小飞虫
还有一队蚂蚁　闻香而来

远处林中的农舍
是我们向往的巢穴
我们想把爱　储藏
储藏在只有我们两人的世界

这是一个美好的幻想
现实的风　吹起一地鸡毛
亘古至今
爱就是弯弯曲曲

相视一笑

当一个人的思念将要窒息时
她是否会妥协
他是否会脱逃

问一枝莲
流香沉在岁月深处
问一朵云
雪山之上白头招摇

给我的是
二十年感悟之痛　痛后的灿烂
给你的是
十年的雪藏　穿越后的新生

迎接我们的是拥抱
以及拥抱过后的
相视一笑

一枝莲

一枝莲
在万亩水中央　优雅

它独自展示着自己
经年的流香

观景人踏碎了岸边的卵石
只有我　涉水而过

长城边

新鲜的不是这段古老的长城
而是
质朴的绿
简洁的阳光
纯粹的天空
以及你躲闪不及的内心

宽阔而窄小的世界
总被一条路牵引
我们的爱情
在一处烽火台上守望
风总是吹动绿叶
向一个方向倾身
而树宽容的胸怀
接纳着每一片叶子的骚动

偶尔的拥抱与亲吻
直达时光的殿堂
供奉　大自然的惊奇与玄妙

供奉　刀刻过的暗伤
绿　绿在心上
蓝　蓝在天上
无边的绿意里
我们是两个初生的婴儿
对未来的期望与困惑
竟被一截朽木知觉
浩渺的穹顶下
我们是两个迷途的孩子
丢失的书包
竟被天边而来的一只蜗牛驮着

君临你的天下

我披着阳光的斗篷
一袭黑衣
君临你的天下

你仓促应对
递我一把弯刀
让我剔除水的柔弱
剔除　骨缝里的锈

你盘膝坐在一朵莲上
双目微闭　双手合十
听流水拍打忧伤的歌
听我的诗在岸边奔放

你寂静如蓝天的女儿
怀中的白云
是一座无船的渡口

我爬上一株太阳树

我爬上一株太阳树
枝叶间的抖动
是我最初的心愿

九千九百九十九缕阳光
织成一张网
紧紧地缠住我

雨已到了海洋
一声声嘶喊
聚成奔涌不息的浪

我伏在太阳树的枝丫上
静悄悄地等待
月亮从你的眉间升起

慢下来

让时间慢下来
倾听滴答滴答的心跳
水一样漫过岁月的回声
金子一样贵重的相逢
像千万只彩蝶从灵魂深处飞出
覆盖了空旷的世界

让爱情慢下来
牵着你的香
在一片绿叶下行走
双眸对望
黑夜慢慢退去
一颗露珠就是一个太阳

让你我的脚步慢下来
让蒙蒙细雨阻住它
让习习冷风阻住它
我在一株菩提树下等待
等待前世的约
等待今生的错

我对你的爱

我对你的爱
小的像一粒米
浓缩着大地情怀

我对你的爱
大的像一朵云
怀抱蓝天歌唱

我对你的爱
其实是一个眼神
穿透了时空壁垒

迟来的吻

你的呼吸渐近
如　刀
切割着我的灵魂

这是迟来的吻
它包含着
山川　河流的气息
森林　花朵的气息
月色　阳光的气息
热烈而清纯
醉人而芳香

我不禁有些痉挛
无数个激动汇集成海洋
汹涌着岁月的波涛
漫过我的黑夜
激活了我千万个即将
老去的细胞

我的灵魂四分五裂
有的躲进森林
有的飞向太阳
有的潜入水底
有的蛰伏在一朵小花下面……

我从来没有这种疼痛的幸福
沉落与飞升
我都进入了自己的天堂

醉饮长城

我提一罐老酒
在残破的长城边
豪饮

二十多年的生死时光
被一滴酒溶解
燃烧的夕阳　我的心

风吹动鸟的叫声
蚂蚁在自己的家园散步
大树独特的美温暖着落雁

这世上飞跑的是自信
停下的是卑微
车辙　延展着梦的道路

烽火墩在喧嚣中冷眼守世
唯独你的亲人会把这个夏天
有尊严地交给你

宣　告

君临高处
尔林兔草原宛若你的睡床
绿茸茸的毯扑向远方
抚慰你半世沧桑

这是昭君出塞回望中原的地方
一滴泪流成红碱淖
流成　一面明镜
鉴照古今奇女子

你也不凡　莲
黄河女儿多闺秀
涛声如鼙　枝头闹春
总有你的鸿雁飞临潮头

啊　这是尔林兔草原
这是诞生梦想的地方
一朵花举着一个春天
一条河养育着一个村庄

莲　请你来
就是要向红碱淖宣告
你是草原上最后一个王嫱

啊　我的爱人

在你的背影上
爬满我的目光
你知道那目光是什么颜色吗
是春天的娇柔绿吗
是秋天的诱人黄吗
是冬天的纯洁白吗

在你走过的脚印里
有一颗颗露珠在守望
是我额头的海水吗
是我目光的火焰吗
是我脚下的长风吗
是我心上的盐吗

你柔软的披肩长发
不知有多少次被我抚摸
偶尔掉落的一根
还被我在你酣睡中偷偷植上
啊　我的爱人
我只想做你身上的一件小佩饰
不离不弃私语切切伴着你的
痛和快乐

时　光

我把钟表上的分针和秒针
拆卸了
只剩下时针
蹒　跚

突然间　我觉得
时间慢了许多
时光慢了许多
心态慢了许多
慢得　让我惬意

你诧异地问我
何故
我微笑着说
想追回逝去的
六亿三千一百一拾陆万秒

把一黑夜的爱给我

我能否钻进你的被窝
把一黑夜的爱给我
让星星妒忌

让春天为我击掌
我是带着风和雷来的
我是带着冒险与刺激来的

我用我滚烫的身子融化寒冷
我用我的心温暖你的心
呵　亲爱的

让我们拥抱黑夜吧
拥抱着我俩独有的时光
呵　亲爱的

我没有值钱的礼物送你
怀揣一天星斗
为你织一条金灿灿的银河
挂在你白皙的脖项上

这不是一个人的时代

一个想静的人　总被外界打扰
隐藏在一群楼房的最后
面向公园　望穿灯火
静　被一只调皮的蝉慢慢消散

这不是一个人的时代
这不是逃避　也不是回归
这不是沉溺　也不是自救
这是一个花朵击败时间的时代
这是一个三生石撬动菩提树的时代
想静吗　想得美

我是一个不知疲倦的歌手
一个厚脸皮的歌手
五音不全　时常跑调　但丝毫
不影响我对你的歌唱
歌唱你绿格子衬衫飞扬的背影
歌唱你蓄满晨露的脚印
歌唱你一个人的荒凉与惬意

歌唱你在十字路口的果敢与激情……

不要介意　原来我也不想骚扰你的宁静
蚕食你的宁静　刈割你的宁静　撕裂你的宁静
我害怕宁静　害怕宁静像深不可测的水
淹没了你的红颜　淹没了你的花香　淹没了你的才情

遇到我　注定你的宁静将会变成喧哗
注定你的青丝将会扑向黑夜
注定你的莲香将会化为蜜蜂的惊呼
注定　我要追回前世遗失的太阳

生长爱情

我把泪珠
一颗一颗捡起
装入一个紫色的坛子
深深地埋在我的后院
覆盖上肥肥的土
再洒一把薰衣草籽
让它　继续
生长爱情

这个字

我久久地凝视着这个字
这个字　渐渐地
演化为你的眼睛
一双　带刃的大眼睛

它能剥离你的阴暗
它能剔除你的污垢
它能解剖你的灵魂
它能切割你的顽疾……

我说了　这不是一个字
这是一双带刃的大眼睛
我已把它带在身上
既作旗云　又作雪莲

为爱情

为爱情醒着
为爱情假寐

为爱情闭关静养
为爱情韬光养晦

为爱情放下毒药
为爱情写起诗歌

为爱情拾起乡愁
为爱情丢弃皱纹

为爱情动用一片森林
为爱情换一双鞋子

为爱情掩杀黑夜
为爱情启用阳光

为爱情攀上枝头

为爱情尊重果实

为爱情展示真诚
为爱情故作优雅

为爱情化寂静为喧闹
为爱情变卑微为伟大

为爱情视死为时光轮回
为爱情视生为凤凰涅槃

为爱情还春的本来面目
为爱情期待秋的丰硕

为爱情潜入湖底观电闪雷鸣
为爱情站在云头看万里山河

你的梦

阳光又一次爬上我的窗棂
告诉我　你还未醒

我知道你在梦中假寐
你的梦是绿的
沾着草叶的清香
你的梦是香的
带着露珠的清纯
你的梦是草原上如风飞翔的蒲公英
你的梦是红碱淖旁展览优雅的遗鸥
你的梦是书本里跳跃的文字
你的梦是空气里蹁跹的音符
你的梦是太阳热情奔放的男儿
你的梦是月亮似水温柔的女子

你的梦　在我心里
我的心里有一块肥沃的土壤
能生长你的五谷与诗歌
我的心里有一块不大的天空
它像一把伞　可为你遮挡风雨

我是一个追梦的人　我愿把我的梦想
永远与你分享

红碱淖畔睡美人

红碱淖畔睡美人
裸睡　洁白的皮肤
细腻的皮肤
水一样的皮肤
宛若我的莲
静静地守护着诗歌

我竟不知道
这苍凉的毛乌素沙漠
有如此温柔的沙丘
独靓于红碱淖
宛若我的莲
于千万朵绽放中最美

我俯下身子
吻遍了它的每一个毛孔
十指深深地插入它细细的肌肤
搅动着它内心深处的波澜
我跑遍了整个尔林兔草原
采得一抱又一抱别致的野花
献在它的胸前
献给　死死苦恋着红碱淖的睡美人

漫步湖边

携手美人　漫步湖边
阳光打湿了我的情愫

一块三生石后　两只遗鸥
在任性恋爱
一会拥颈相吻
一会并立而思
一会下水嬉戏
我们的手　不由得握紧……

风吹动无数金子
向我们涌来
野花如美人的眼睛
深不可测地顾盼
生动了尔林兔草原

因你而优雅
因你而飞翔
因你而创造
我的美人　红碱淖
慷慨赐予我们灵感

夜

夜
被我揉碎又摊开
仔细寻觅我丢失的梦
梦在何方

夜
被我摊开又揉碎
苦苦翻找走失的魂
魂在哪里

我问这幽暗的小屋
小屋说
你走出去
我问这落满灰尘的诗
诗说
你走出去
我问我的心　千百遍
叩问　叩问　叩问
心说
拆除藩篱
走出去

围 城

一个男人爬上去
掉了下来
又一个男人爬上去
又掉了下来

高高的围城
深深的围城
神秘的围城……

有五千盏灯笼的围城
有十万亩水域的围城
有一亿朵玫瑰的围城……

我在城门洞里
举着一支火把
找不到开门的钥匙

她来了

阳光坐在我的身旁　看着我
眼睛里闪过的黑夜

阳光软软地伏在我的耳朵上　说
她来了

她来了吗
一个影子一闪而过

玻璃光

今天太阳没来　你来了
你浑身放射出的玻璃光
扎疼了我

我无处躲藏　我的每一寸皮肤
都发出幸福的叫喊

我要躺倒　躺在玻璃堆里
血从一个个毛孔里渗出
也放射出迷幻的玻璃光

还你一片宁静

还你一片宁静　还你人生一隅之静美
流香紧裹黑暗的伤口　独自开放
时光之外　我静观群芳

远离了春天　树叶比树更伟大
我怀抱江山　看美人垂泪
却无剑挥杀咄咄寒气

从诗里走出一片污垢

阳光多好
揉搓着我半年前的那片污垢
是心灵上的污垢　隐隐约约
有汗渍　盐斑　疼痛后的齿痕

阳光反复扑向那片污垢
好像一支队伍　不停地
向城堡发起冲锋
那种全歼的决心令我恐慌

这是我的污垢　和你无关
和月亮　大风　雪都无关
这是从我的诗里走出的一片污垢
疼痛了二十年

在春天

在春天
你给了我一朵有毒的玫瑰

花香惨烈
掩杀百草

我双手发颤
时光的火焰被香熄灭

只有一棵树
守望着骚动的岁月

芒种

我梦想着一场大雨
铺天盖地下在芒种
一次把陕北高原浇透
一次把我的爱情
浇透

孤　独

孤独是我最亲的孩子
让我在宁静中
品味高贵

孤独是我错过的爱人
让我在躁动中
回想单纯

孤独是我远去的阴影
让我在淡定中
观赏人生

今天天气意外的好

今天天气意外的好
阳光伸手就来
云像在天空打滚的猫
一下子让我释怀

好多时光　被我悄然珍藏
比如安静地读书
比如朝着一个目标奔跑
比如爱情带给我的神往

一生有一段刻骨铭心的怀念
多好　就像月亮在一片星海里游泳
出落得香气十足　甚至
白天　还高高挂在一片蓝上

喧闹着美丽　寂寞着相思
在天空博大的怀抱里
我把我交了出去　因为爱
我成了一个孩子

寻　找

长辫子姑娘　在流水声里
转世

一棵树　漂泊成一朵流浪的云
把天空丢在身后

思念如风飞翔
找不到回家的路

索性　潜入水中吧
看你是否在宫中打坐

独守阳光

独守阳光　独守
一份自酿的温暖

我穿过黑夜　你
独自留在月色中

看水　在雨声中波澜
听香　在颤抖中流连

往事已渐成风景
你端坐莲台　烟去云散

回光返照

我看到熟悉的身影
一闪而过　一朵云
在我面前能停留多久

和一生相比　多少秘密
拖累了时光
苍老了红颜

一个人被另一个人像衣服一样脱了
剩下的是浑身的伤
和回光返照

爱情就此停驻
把我复原　把心藏起
留一份美好煎熬相思

苦等也是一种享受

等一个电话　一个微信
比等二十年还煎熬
不　比等一万年还久远

阳光悠闲地在散步
草绿成箭镞
你的心　无异于落日

充其量是一刹那的事
但杳无音信
仿佛人间蒸发　植入地狱

骤起的飓风
卷走温热与光明
卷走最后一根毛发

苦等也是一种享受
说明你在经纬着这个人
这个让黑夜翻转为白天的人

思念是看不见的

思念是看不见的
你走到哪里它跟到哪里
甚至　它会为你开路

思念是看不见的
当你在星光里熟睡的时候
它还骑着月亮为你巡夜

井

我为你挖了一口井
里面储存了水　阳光　柴炭
还有温暖的诗歌

井很深
深达二十年
井壁是新鲜的五脏六腑

水没有一丝杂质
清凉中散发着春天的气息
阳光每天都是香的

柴炭一点就着
环形光晕中
观音菩萨现身颂福

我想把自己也放进去
和你一起　化尘埃
为满天星朵

这个季节无雨

这个季节无雨
雨跌入天空的黑洞

我的嘴唇干裂
水杯子冒着白烟

光洁的额头起了皱褶
喧嚣渐渐干涸

灵魂不知丢在哪里
一副躯壳成了衣裳架子

我的爱人　你把一把刀
架在岁月的脖项上

独自在长城边守望

独自在长城边守望　天尽头
滚过一轮夕阳

树叶飒飒　风声
来自巨大的孤独

一只蜗牛驮着厚重的尘埃
路从它的头顶走过

我听见长城逶迤着一个名字
一个名字　牵动一场大雪

问　春

千万条路
源于你的额头　源于
你时光的掌心

谁把谁的白天交给黑夜
谁把谁的黑夜交给白天
都不重要

半个世纪的时光　你的名字
艰难地蹒跚在
我的春天

有谁能像我一样
手心贴着你的手心
驱赶着寒冷

驻足　或倒退
怎么可能　这爱
本身就是一条音乐之河

端午在秃尾河畔

我坐在秃尾河畔　想象着
屈原会从汨罗江游到我的面前

我的面前放着一盘粽子
它们像一首首失去灵魂的诗　发呆

红雪莲

骑一匹汗血马　也追不上你
你随风而去

马过倒淌河
蹄声踏碎夕阳

远处的雪山上　是否
你在打坐

红血莲　远离流水
吸干了我的血

热爱生活

我对你的爱
是一轮太阳
不知疲倦地奔走在穹苍
洒一天温暖
罩你弱小的身子

我对你的爱
是一轮月亮
夜夜守护着你的梦
生怕一丁点响动
惊扰了你的香

这样的爱啊
让我充实
让我自豪
让我幸福
让我　无比热爱生活

困

我听到你的香从远处飘来
轻轻地舔着我的面庞

我知道你想我了
只是这漆黑的夜里
我被困于一座围城

粽　子

我把思念
包成一个粽子
投在江里

我想象屈原
会把这个粽子
端给你

因为　屈原
是大诗人
你是爱诗的

忧 伤

你传递给我一种忧伤
这种忧伤　杀伤力很强
甚至能使灰飞烟灭

阳光冷　风冷
心冷
伤在伤中凝结为霜

我把这种忧伤置于高台
作为一种景致观赏
作为　我的夜之歌

我端着你的名字

端午
我端着你的名字
放在一个个粽子里
让红枣点化你的才情
让糯米濡染你的快乐
让粽叶包裹你的忧伤
哦　还有一个承诺
扶着你的影子

身后的响声

诡异之夜
竟然送出来一份莲香
催生了一片星光璀璨的天空

夜行人步履匆匆
身后的响声一路催着他前行
他无暇后顾

一场暴雨即将生产
为已死亡或复活的灵魂
痛饮

安静的时光不会太长

关闭所有的门窗
逃避　你在一个城堡纠结
风吹来
风从四面八方吹来
都碰了壁

草木绿得孤独
花朵红得孤独
黑夜中的街道亮得孤独
我无力打开城门
让雨　时断时续敲打

安静的时光不会太长
时间会剥离石阶上的青苔
会给夜晚送来骚乱
我枕着一瓣莲花假寐
心不由自主地探寻远去的香

红月亮

没有比红月亮更伤感的了
没有比红月亮的眼泪更苦涩的了

红月亮从一个人的天空升起
红月亮的离愁没人读懂

星星们自顾闪着
它们像天空的一群孩子天真活泼

红月亮在闪电的厮杀中逃脱
红月亮在一杯红酒中寂寞

红月亮是诗神的女儿
红月亮是我的新娘

你

你本真的香
是泥土的香

你素颜横天
是草木之色

你减去十岁
是十万亩水中央的公主

你增加十岁
是雪山上的红雪莲

你有独立的精神
旗云猎猎

你有自由的思想
如风飞翔

咫尺天涯

我对这个词
以前理解得不深
只知道它经常出现在相思的事中

从没有体会到这个词的残忍
从没有体会到这个词的无奈
从没有体会到这个词的毒性

今夜　我实实在在
领教了它的黑
思念如铁啊
天上的星星是一颗颗生锈的钉

爱若繁花　芬芳不再
灵魂里奔走着相拥的春天
相爱不是罪
二十年后我还会再爱……

梅 花

一朵　两朵　三朵
八朵　九朵　十朵
梅花　梅花　梅花
开遍我的山坡

十朵　九朵　八朵
三朵　两朵　一朵
梅花　梅花　梅花
落满我的山坡

前坡是太阳的家乡
后坡是月亮的老窝
我在日月交辉中升华
我在梅花的芬芳里疗伤

除了爱　我一无所有

除了爱　我一无所有
但我不能随便给人

给我的父母
给他们买米买面买穿买戴
给他们零花钱给他们好心情

给我的兄弟
给他们支撑的臂膀向上的梯子
给他们劝慰给他们正能量

给我的妻子
给她阳光下的浓荫雨天的伞
给她花红柳绿的装扮一世的呵护

给我的儿女
给他们前进的动力飞翔的翅膀
给他们化泪为笑的幽默化茧成蝶的力量

我还偷偷地藏了一点爱
给我的情人
给她偷偷写诗给她暗送秋波
给她夜色中满天星辉的小屋里一地暖光

给她简单给她尊重给她宽容给她笑声
给她风雨中真诚的祝福
行走中关切的注目

除了爱　我仅剩爱
我把爱洒向我的亲人
我用爱包裹我的生活

一生的后悔

我一生最后悔的是
没有勇敢地向你表白
而让乌云
掳走了太阳
而让黑夜
拥抱了月亮
而让一张发皱的纸币
消费了你的青春
我一生最后悔的是
让你成为别人的女人

我看不透你

把你的白脸脸掉过来
让我看山　看水　看你睫毛上
闪过的慌乱

我看不透你
正如镜子的另一面
我永远看不到它的斑驳

云深不知阳光在何处
你不太淡定的微笑下
好像藏着什么

藏着岁月的斫痕
藏着爱的伤痛
抑或　藏着一段悲情

我不想探究这些
我只想用简单的快乐
诠释苦逼的时光

谁的哭声

我在黑夜里四处游荡　找不到那颗星
狗吠声汹涌着漫过我的每一个毛孔

随身带的一壶酒不知不觉漏入草丛
虚掩的门里走出的一个个都是陌生的面孔

一股风从一扇昏暗的窗户里吹出来
卷起公园里一阵窸窸窣窣的响声

谁的哭声从黑暗深处隐隐传来
谁的哭声　拨断了那根脆弱的神经

我是毒药

我是毒药
从唇到齿到舌
从皮肤到毛孔到血液
一点一点　渗透了进去

你把持不住自己
渐渐地软了　瘫了
跌入一个太阳的黑洞
溶化了自己

我这药毒性极强
是用我二十年跋山涉水所采的偏方
熔炼而成

我佩服你的抵抗力
凤凰涅槃
浴火重生
你又一次成为女神

礼 物

给爱人挑选一份礼物
远比写一首赞美诗难

一连二十年
走遍所有的商店
被所有的服务员白眼
竟没有挑下一件

她们肯定笑话我吝啬
或者笑话我的审美眼光
或者笑话我犹豫不决
可她们哪里知道　我已决定
把心
作为贵重的礼物送出

从此　我只关心天下

不关心你的裙子
不关心你的鼻炎
不关心你的孤独
不关心你的读书
不关心你的疲惫
不关心你的手脚是否冰凉
不关心你在节日能否收到祝福
不关心你的才情是怎样融入黑夜
不关心你的梅花谢了又开
不关心你的灯光是怎样席卷了我的想象
不关心你的眼神闪过的慌乱
不关心你手心的涩……
我只关心天下
关心天下的柴米油盐酱醋茶
关心天下的琴棋书画诗酒花
关心天下的你　是否是
二十年前我梦中的她

多情最恨花无语

多情最恨花无语
我不恨
我独钟于这方水域
我在它的芦苇丛边聆听鸟鸣
感受一种纯美的稀世之音

风吹孤独　对于炎夏
无雨是一场多么残忍的折磨
萤火虫提着灯笼到处寻觅
我的家园丢了魂魄

在这个夜里　最亮的是你的眼睛
前世的靓丽今世的才情
溅起一天陪衬的星星

我躺在阳光的怀抱里

我躺在阳光的怀抱里
亲吻着她的睫毛
抚摸着她的面庞
吮吸着她的体香
——这独一无二的幸福
为我筑起一座爱的城堡

我说过　我要做城头上的一面旗帜
一面怀抱天地的旗帜
我是阳光的儿子　我把我的温暖
一股脑地给了河流　山川　草木
给了我的美人

每一缕都是一个世界　一个阳光的世界
每一滴都是一面镜子　一面可人的镜子
大雨之后的清爽　大雪之后的升华
都是阳光的杰作　都是
我在母腹中弹奏的音乐

生怕你消失在春天之外

来　或不来
我都在菩提树下等待
等一场大雨如箭
射穿我的未来

见　或不见
我都在柴门外守望
等一场大雪如盖
塑我为千年情王

吻　或不吻
我都在满心期待
我把每一秒都当作赛跑
生怕你消失在春天之外

宁静的午后

你的手有点涩
这让我有些意外
清秀的骨骼
把年华
吸收了不少

这是个宁静的午后
我的心　在感知一枝莲的
温润　感知路边
一些细沙在阳光下蠕动

四月的阳光充满热情
把生活的许多不快
丢进一口枯井
绿叶的活力在你的睫毛上
跳跃

我的手心就是你的手心
掌上的天空心思缜密
我不知我们之间的距离
是绿的翡翠还是红的虹霓

莲　你知道我在想你吗

你把夜抛给了我
又撤去满天星斗
黑色的天空里　只有黑
涂抹着我的想象

莲　你知道我在想你吗

你已失踪二十四小时了
我把夜一块一块撕开
翻来覆去寻找
却不知你藏在何处

莲　你知道我在想你吗

你的任性让我伤口裂开
让我的玉渐渐失去光色
让我成为一个可怜的诗人
抱着残缺的春天瑟瑟发呆

莲　你知道我在想你吗

露水地里的红鞋踩着我的爱
素雅的蓝裙子飘着我的爱
海一样的大眼睛闪烁着我的爱
我的爱　都在今夜丢失了

莲　你知道我在想你吗

焦灼的等待让我烦躁不安
我真想把人世间的花草全部毁坏
把全部的芬芳囚禁
把所有的红颜残害

莲　你知道我在想你吗

我突然觉得　我的心脏
也不知丢在何处
是否也像你一样
躲在一处不知名的小屋惆怅

莲　你知道我在想你吗

我默念誓言　我诅咒谎言
我在分辨每一条岔路
对于我　这个世界再怎么精彩
也不敌你给我的快乐

莲　你知道我在想你吗

请打开你的心房

请打开你的心房
让我植一株树吧

让绿　覆盖你的诗歌
让花　开满你的山坡

请打开你的心房
让我镶一朵云吧

让白　擦亮你的柔软
让雨　浇灌你的才情

请打开你的心房
让我采一朵莲吧

让卑微　滋养你的高贵
让高贵　厚植我的贫瘠

布　阵

躲是没用的
我会在每一个路口
布阵

我想把你捉拿归巢
铺一天鸟鸣
温暖余生

注定有一场风暴

注定有一场风暴
躲在一隅
束手就擒还是奋起拥抱

我搬来一块三生石
坐在你的门前

塑 造

前世有约
今生相逢

天上的霓虹
叶子下的颤抖

水下的舞蹈
睫毛上的珍珠

掌心上的世界
眉心中的朱砂

今天 阳光
重新把我塑造

就爱你一分钟吧

爱你一天
太短
短得我来不及从梦中醒来

爱你千年
太长
长得我只能以诗续缘

就爱你一分钟吧
六十个吻——
饱我二十年
辘辘饥肠

贴着你的手心

贴着你的手心
就是贴着春天

春天有绿色的火焰
坚硬了我的骨头

春天有小雨
舞蹈在我的天空

贴着你的手心
就是贴着一团沉香

莲花从水面升起
光环和豪言纷纷跌落

只剩下朴素的我
举着一束真诚

贴着你的手心

就是贴着幸福

我把时光养成一颗珍珠
轻轻地挂在你的颈项

我把你绣成一个香包
悄悄地填入我的心房

我爱在雪地上行走

多么美好的音乐
咯吱咯吱的响声
从我的脚底穿透夜空

我爱在雪地上行走
一个人　裹紧黑色呢子大衣
裹紧疼痛的躯壳
攥着一把星光　像一个隐形侠

雪是从我心灵的天空飘落的
洁白的　像我最初的梦
把这个世界濡染

冷风不时地围着我转
仿佛在说　这是一个有伤的人
孤独溅满雪地

我觉得我是一个英雄
在 2015 年最寒冷的冬夜
我独燃自己
把一地积雪　慢慢溶化

无　题

他遇到了二十年前的心仪之人
他想告诉她　二十年前
他喜欢她喜欢得要命

此后她离开了这个水域
此后　他的目光时断时续地
追着她的背影

擦肩而过三次　三次
她若无其事　而他的内心
如江河翻涌　如雷霆万钧

作为一个农家孩子　他不敢说
他把这个秘密
一直藏到　中年

当她坐在他面前的时候　他却平静得
如一汪深潭　反倒
她有意无意打翻了一只水杯

不能说邂逅　是冥冥中的约定
他只能感谢上苍　让他做一回
莲的半亩方塘

歌唱一位月光下的女子

他放下酒杯　拾起青铜
歌唱一位月光下的女子

他喜欢叫她新娘
他抵挡住各种诱惑　奔她而去

她身上有莲花香有草叶香
有白云香有阳光香……

她藕一样的肌肤
无异一块吸力强大的磁铁

他想进入这个气场　并关闭
一片又一片偷窥的黑夜

他想做一个执戈之俑
守护逝去和即将逝去的年华

雪在我内心融化

雪在我内心融化
多嘴的麻雀　扑棱棱扇起
一地爱情

我离冬天太近
热闹的故事　被风
吹进一条奔涌的河流

薄霜如镜
照亮我的前半生　爱过的人
竟不识我灰白的两鬓

院里的阳光

大院里惨白的阳光
从你身上发出

仿佛二十年前的憧憬
仿佛现在的忧伤

树木一夜之间暴瘦下去
向前的路突然找不到方向

我坐在一团幻影里
品味一只麻雀单薄的孤独

坐在雪花里的一个人

坐在雪花里的一个人
仿佛要向这个世界倾诉什么

风从他的内心刮起
掀起灰蒙蒙的天幕一角

急匆匆的脚步从大路小路消失
一朵白莲上　伏着一只蜜蜂的标本

错过的是季节的飞翔
遗弃的是郊外草茎下的露滴

他只顾收拾凌乱的雪花
尘世的俗事　已被一本老旧的书捆绑

今晚有红月亮

今晚有红月亮
优雅地在一片黑中游弋
宛若我的莲
在寂寂空山中怒放

偌大的天空太小
竟盛不下它的香
一捧一捧地掉落在我的发丛
叮叮当当

红月亮　红月亮
你就是她的脸庞
你的出现　让千万颗星星
隐无痕迹

红月亮　红月亮
我的目光已没有力气了
只好闭上眼　让你
在我的人生长河里沐浴

红月亮的红

红月亮的红
是你脸上淡淡的晕
淡淡的　一如我
年少时的青涩

红月亮的红是自然红
红中泛白　雪花的白
爱情的白
我少年奔跑时的白

我捧着红月亮　仔细寻找
你夜色深处的温柔
我怕失手
用我浑身的血液紧紧环绕

我不是一个忧伤的人

我不是一个忧伤的人
我是嬉皮士
我不把春天的花朵当花朵
我不把夏天的雷雨当雷雨
我不把秋天的收获当收获

春天的花朵是我的礼帽
夏天的雷雨是我的呐喊
秋天的收获是我的抛弃

我不论得失
我的口哨声就是最好的乐曲
不时摔几个响指　让天地
知道我的存在

我的忧伤里没有春夏秋
其实　我根本没有忧伤
我执着地爱一个女人
幻想着　在冬天和她白头

你的声音

你的声音　桃花的声音
粉嫩的流苏
杏花的声音　洁白的舒缓
被我　制造成一种钟声

在头顶敲响
在悬崖边敲响
你的声音　宛若佛语

我坐在春天里　享受这
绅士般的飞翔　享受
白云轻轻擦去我的疲惫
还给我　留下一块
浓香

漏了你

满天阳光
被我尽数收藏

乌云排外　闪电排外　黑夜排外
我的行囊里金光浩淼

翻捡几十年的种子与收成
唯独　漏了你

咫尺天涯有多远

我用舌尖顶住天空
顶住一片辽阔的忧伤

咫尺天涯　有多远
路是脚上沉重的枷锁

如果你是只蜜蜂　你该聆听
我花蕊里流香的声音

如果你是只飞雁　你该聆听
我天空深处搏击的震动

如果你是枝莲　你该聆听
一块泥巴紧紧应和着你的心跳

我在一扇窗户里呼啸
我把昨天和明天　交给夜晚

周 末

周末　你没来
我把空空的心
晾晒

阳光　一会儿远
一会儿近
总不掩饰那方残缺

我在一扇窗户的后面
呆立
撕开的胸膛
却怎么也找不到
缝合的针线

我是一个木匠

我是一个木匠
用一片森林
为你做一张床
床头　雕一座精致的灯笼
为记忆守岁

我是一个木匠
裁一段美好的时光
为你做一支梳妆台
正中　镶嵌你不老的容颜
为青春增寿

我是一个木匠
一个笨木匠　深知
你不可抵达我的小木屋
我仍然　用我锋利的刨子
为生锈的爱情抛光

半夜醒来

半夜醒来　看了看表
三点二十分
下床喝了杯蜂蜜水
甜甜的　苦口
窗外的星星
有的亮　有的不亮

又躺在床上　目光
一会暗　一会明
脚丫子　不时蹬空
想象被蹬的浊气
四散逃离　不由得
失笑了几声

一黑夜的睡眠
像楼顶挂住的风筝
飘不动　摇不落
一根细细又坚韧的线
牵着你
扯着我

瞭望是一种痛

瞭望是一种痛
这世界的相思
被删得七零八落

桃花是春天的骄傲
杏花　领受一场恸哭
扑向一双欲飞的翅膀

在群山深处
没有你的足迹　没有
梦的回声　煮沸的呓语

一座荒庙的檐角上
一只倦鸟　用锋利的目光
扫落花朵和细小的叶

我背着一把刀
站在春天的最高处　瞭望
我前世走失的情人

千年等待

一千四百年前　我就知道
你在波罗古堡等我

四面密不透风的墙壁
围不住一个人的梦想

无定河在你的天空飘过
你在你的脚印里怒放

瞬间的精彩啊
敌不过漫长的等待

穿越岁月的相逢　怎奈
脆弱的不如一枚落叶

千年轮回　总走不出你的倩影
我在一块乌木中修炼

我向你出发

我向你出发
一路艰辛　一路雨
竟然走进了误区

带毒的玫瑰　和
无香的莲
早霸占了天地

我在一段残垣上呐喊
以我自己的方式　失眠
或拥抱一弯锋利的月

我退不回去
我原地打坐　等佛
给我启开酒瓶

看你的背影

看你的背影
像一张网

漏掉了阳光
漏掉了真实

漏掉了朦胧的美
漏掉了铺开的香

你只网住了我
——一个渴死的情王

四　月

正是美好事物集中喷发的日子
桃花红遍她的心事
杏花　也悄悄地潜入梦中
取代她的莲花

水从群山深处奔出　轰轰作响
打动一种记忆　一种
心酸而又心动的记忆
美好　就这样在眼神与手指间穿过

我想象你也在一株杏树下
被一只蜜蜂的音乐陶醉
你在芬芳的丛林里迷失了方向
你　忍受着一种说不出的思念

骑马上山巅　我的马
比车快　比时光快　比心快
傲视四野　你披着尘世的外衣
向我招手　向我袒露四月的娇媚

残缺的月亮

一个残缺的月亮边
守着一颗亮亮的星星
你问
那是谁的眼睛

我无言以对
无言以对啊
仰望你二十年的时光……

一片蛙声
在内心响起

无 语

一米
椅子到沙发的距离
一生
心到心的距离

一米也太长啊
面对面　无语
一生也太短啊
仅隔着一层薄薄的纸

我把夜与昼融合
我把太阳与月亮融合
我把一生凝缩成一米
而你　还是无语

突如其来的一场风

突如其来的一场风
搅散了天空的蓝
尘世间
刹那被阴霾笼罩

你　也在这个时候
乘机消失　从此
我住在病里
数着一个又一个苍白的日子

阳 光

碎碎的阳光　一如调皮的孩子
纷纷趴在我的窗上
看桌上零乱的诗稿
发呆

阳光不明白
这个书呆子的执着
让潜行二十年的秘密
浮出

桃　花

我在桃树林里穿行
一嘟噜一嘟噜粉色的花
拦住了我昨夜的残梦

太阳高高地挂在蓝天上
空气中　你的香
为我的记忆生出翅膀

啊　桃花
你这春天的情人
让我的伤无处躲藏

夜　行

我一个人在黑夜里行走
在星星的喧嚣中　我把孤独
慢慢嚼碎吞咽

我听见我内心的声音
和一个人对话
和黎明对话

我的执着让我敬畏
我披着黑色斗篷疾行
身后　星光四溅

我把路　走成伤
我把你　走成痛
我把自己　走成影子

卧云山的云

卧云山　天的最高处
一朵幽怨的云飘来飘去
遥远的　只有我
能听到它的心跳

卧云山的天　蓝得不能再蓝
就这样　还被我的目光
反复擦洗　擦得一朵云
心疼

桃花谢了　杏花谢了
最美的风景留在心里
留在卧云山
寂静的等待中

等

等　是一场艰难的跋涉
浅的雨　深的雪
一路相随

更可怕的是　心
如夜　一会儿白一会儿黑

等　是一场自然的减肥
哈哈　煎熬中
享受痛苦的快乐

守护一片阳光

从晨起到日落
我守护一片阳光
用心　用情　用余生

这是一片精巧的阳光
甜甜的　酸酸的　香香的
一如你　开在眼前

前半生不忍触摸
今夜执手相望
阳光　紧贴我的心脏

在月下前行久了
伤口　已结成痂
夜色　不过是我的一件衣裳

记忆穿过轮回
轻按着这片阳光
谁　在我的掌上舞蹈

杏花岭

万千人丛中　我寻觅你的声音
桃花开　杏花跟

群山喧嚣　你寂寂
你在哪朵杏花下潜伏

春水在山涧里鸣响　麻雀们
在一座庙宇的檐角上困惑

桃花的心事　杏花的秘密
都在一个眼神中荡漾

爱过一千次的春天　回眸一望
仍是一把空空的香

肉体哪去了　灵魂哪去了
向阳的山坡　早已成为活人的墓岗

无 题

在我的世界里
只有一个字
主宰着春夏秋冬

风花雪月何其轻
只有这个字
深刻了我的人生

情　王

疼　估计
是我下半生唯一的词汇

它钻入我的灵魂
弥散风雨

甚至　它拖拽着四季
为我加冕

岁月在动荡中逝去
情王　守望心灵的慰藉

一颗星辰

我捡起一颗掉落的星辰
轻轻地掸去
它身上的雾霾
返身　却找不到
安放它的那片天空

绿

我把内心的伤痛隐藏起来
含笑草木　接纳雨水
把残雪一点一点抹去

我要赶路　满眼涌起的绿
像我坚信的真理
铺满毛孔

门

佛知道你要来
打开了 3 月 19 日的门

佛知道你要走
闭上了 6 月 19 日的门

我端坐莲台
笑傲苍穹

真实的思念

眺望东窗
星光与目光中
是否有你

我不知
哪一扇或明或暗的
窗
是你的心口

我不忍叫醒你
浮华落尽　我开始
真实的思念

缘 起

春风瘦了　我也瘦了
春风为这迟来的绿　瘦了
我为你　瘦了

刻在三生石上的天地
一半是莲花　一半是苍狗

谁知道风起的时候
缘也起了
正如我当年　憔悴的追寻

春　天

百草探头　露赛珍珠
遍地的呼吸　紧紧拥抱着
我的黄金

从一朵雪花跳进一滴水
内心深处的种子
让我撕裂般疼痛

切　割

既然你要远离　封闭　打坐
甚至逃遁
我怎能

用春天的芳香　锻打
一把利刃
切割空白　渴望　思念

切割　我体内
游离的影子　和
一万个你

我知道这很难　一颗善良心
只能藏匿自己　只能
交出一面带雨的镜子

高贵自有高贵的冷
卑微自有卑微的热
我躺在阳光的椅子上折叠你

当午后渐趋成熟　请不要
漠视那片动人的葵花
它们举着我的灵魂　虔虔向日

我还得爱你

没办法　我还得爱你
还得在你每一寸肌肤上
厚植我憔悴的爱

我是从冬天出发的　身背太阳
在满天飞舞的雪花中　大步疾行
目的地　你
寒风嗖嗖地穿过我的毛发
穿过　你设置的一道又一道障碍
包括你闪烁白霜的睫毛

这是一个勇敢的世界
对一个玩强的人而言　快乐无比
一路长歌　一路饮
酒泡出来的春天
桃花满头　杏花满胸
绿满我曾荒凉的内心

没办法　我还得爱你
我不忍离去的主要牵挂　还是
你在尘世上的这些七零八落的身影

我

我把今夜的月亮偷偷地藏入怀中
我让一群星星　茫然四顾

我不要醉后的我
我也不要清醒的我
我在你的脸盘上行走
我在你的眼睛里游泳
我在你密密的长发间低语
我在你洁白的胸脯上　听
我的声音

我在太阳未升起之时出发
我在你即将关门的一刹那　惊呼
我的神

核

你的发丛里
若隐若现的白
我丝毫不怀疑
那就是
岁月的霜

一头黑发
牵着一种痛
从你的左手
走到我的右手
把温情远远抛弃

这个世界的刻薄
不是你的逃遁
也不是我　诗的虚无
而是桃花开了　杏花
还在假寐

我把我的妥协交出来

连同那一文不值的自尊
也交出来　让自己成为一颗
剥了皮去了肉的核

在风中坚硬
在雨中柔软
在你的目光里　渐渐
成为一块化石

今夜的月光

冷　像今夜的月光
找不到归宿

谁迷了路
谁忘记了初衷

谁灭了灯盏
谁点亮了灯笼

满盘珍珠　突然爆响
春水在深深的寂静里长嗥

发丛里的诗意
漫无目的地游走

指尖上的绝响
穿透悬崖上的钟声

一觉未醒
春草已长满胸脯

雨

急　或缓
都和一株树的沉默无关

疏　或密
都和一朵花的吟唱无关

黑　或白
都和一场雾霾的纠缠无关

直　或曲
都和我的笔无关

我在雨下　或雨上
品人生
一会儿湿　一会儿干

为了忘却的纪念

我不会飞翔
我没有风的翅膀
我只会匍匐在大地上
倾听母亲的心音

一个人的世界
太过孤独
而外面的喧嚣
却缺少书香

美好中起步
撕裂中决绝
每一个日子都将过去
留下的是痛与快乐

纪念　还是祭奠
我说不清
这个特殊的日子
我已非我

我的春天缺少一株桃花

我的春天缺少一株桃花
我坐在山头　一朵白云擦肩而过
带走了一场梦的呓语

我在强壮的蓝中几欲晕倒
我头顶的天空
像占卜者的卦辞　简单又深邃

脚下的河水　疲惫地淌着
岸边的柳树竟是我走失多年的信使
灿烂的沉默　让我忧伤

桃花桃花　你在哪里
我的目光扫遍世界　尘埃落处
仍不见群山让开

莲

我一生丢弃了许许多多东西
唯独你　时时刻刻
放在心尖尖上

月 光

我渐渐发现　我的心肠
硬了起来　一如深夜的月光
把噩梦撵走

月光是我伤口里渗出的盐水
浸泡着一颗又一颗星星
浸泡着一片斑驳陆离的影子

高贵与卑微
是我的前胸和后背
是我的动与静

我躺在空旷的田野上
默诵着穿过尘世的诗歌
佛轻轻地挑开我的衣裳

我不想和你擦肩而过

如果　和你擦肩而过
甚至　熟视无睹
那是一种怎样的痛苦啊
我何以面对　自己那颗
在相思的海洋里淹没了二十多年的
心

今世　无论是在这座楼房
还是偏居一隅
我会找你　循着你的背影
循着你的灯光　循着你的花香
在灵魂的高台　和你对话
和你紧紧拥吻

我有一口井　但无舀水的瓢
我有一座花园　但缺一枝雅静的莲
我有一首长诗　但想不出一个完美的标题
停下你　让我牵你的手
让我把你那双柔若无骨的手

幻化成内心亿万个灵感与意象

如果　真的和你擦肩而过
那么这一场短暂的相逢相爱
是储存　还是撕裂
我在整夜的无眠中磨亮了一把刀
切割阳光与月光的精华
为你铸一座精神的宫殿

我是否有点莽撞　你是否显得急切
都想超越时间把青春追偿
一场惊魂的吻
为何不是高山与树木的交融
一场惊世的拥抱
为何不是大地与河流的缠绕
拥吻着你　春天就在手心
依偎着我　冬天悄然而去

风　暴

春天正式来临之前
必有一场大风
掀起爱的风暴

是否前世约定
抑或偶尔相逢注定缘起
问谁

风的源泉是思念
思念如光芒　照彻暗夜
思念如利刃　剜割冻疮

思念还是一根草　微弱的没有骨头
思念还是一棵树　潇洒的行走云头
思念还是一扇门　一只脚在里一只脚在外

风有些肆无忌惮
吹起了沙尘　刮乱了秩序
将天地间的真情

一一翻出　供心展览

哦　让我解一道题吧
加　是月光与阳光的融合
减　是昼与夜的挥洒

阳光落在我的眉上

阳光落在我的眉上
我的眼睛湿润了
只是我觉得
离掉泪
还有一段距离

我把整个心脏掏空

我把整个心脏掏空
打扫干净
只为　容纳你一人

你来　或不来
门　虚掩着

用一生的等候　能否
换来
你一次的光顾

阳光逼近你的时候

阳光逼近你的时候　阴影
也在窥视着你

拥抱是一种承诺　正如
一种不可抵挡的温柔
击破了谁　击破了
小楼无骨的春风　击破了
郁郁寡欢

我是带着正能量而来
背负着一天的蓝　一天的鸟鸣
为你开一场音乐会　一场
只有两个观众的音乐会
一场寂寞而喧闹的音乐会

呵　亲爱的
阳光落在你身上是什么样子
——我已模糊
你在一个小屋里居住得太久

光华已黯淡了
才情已消散了
美貌已衰退了
你在时光的边缘　打坐

阴影蠢蠢欲动　我头顶的火焰
燃烧着蝴蝶与石头
我与你的对话
被一张无形的网打捞
我听见我的内心　响起
纷乱的掌声

果　实

在一孔破旧的窑里
捧着你的脸
像捧着一枚果实
不
像捧着整个秋天

那不舍与依恋
让窗外的星星
掩面而去

疼痛过后

也许　疼痛过后
是一坡没有花开的尴尬

铺一地阳光　在草丛中
梳理陌生的心绪

灰麻雀在一颗杜梨树上张望
一群蚂蚁嬉笑着四散藏匿

远处埋伏着一口枯井　荒废的岁月
爬满黝黑的井壁

只有一滴小水珠　隐藏在
两只青蛙慌乱的优雅里

你知道思念是什么

思念如刀
切割着每一条敏感的神经

思念如雨
浸润着每一颗干渴的细胞

思念如风
掠去我梦呓般的一声声问候

思念如云
聚拢片片洁白凝结成句句誓言

啊　莲
你知道思念是什么
思念是一柄还未出鞘的利刃

哦　思念是
几欲腾跃的熊熊烈焰

哦　思念是
冰河下咆哮的天马回声

啊　莲
思念是亲吻着你的亲吻
思念是幸福着你的幸福

思念是
呢喃着你的呢喃
疼惜着你的疼惜

啊　莲
思念在你的心里
生根发芽
思念在我的心里
开花结果

相　思

时光让我老去
这两个字
却常常　年轻的
让我跳起

走遍五月

我的眼睛　被一株无名的小草打绿
走遍五月
我找不到一块生锈的铁

在春天的深处
我感受着一望无际的暖
感受一只羊　对我的注视

轻轻地握住绿色的风
宛如握住恋人的手
瞬间熄灭了我莫名的忧伤

这巨大的感动
一波又一波
给我消毒

如果雪来了

如果雪来了
你在枝头的瞭望还坚守吗

雪是一种很温情的精灵
它会给你滋润
它会把你心灵深处板结的痛　柔软

雪还有一种很圆滑的性格
它会把一些不养眼的东西　遮盖
让你尽情享受那一场洁白朴素的舞蹈

雪最大的脆弱
就是阳光　它怕那执着的热
熔化自己

但我还是要赞美它
毕竟从心灵到外表　雪
所折射的
还是我们死死坚守的那一份纯真

月光下

月光下
我再一次　把伤口
细细地缝住
不让一丝血迹　不
一滴泪
渗出

我将在暗夜里行走
萤火虫会用它微弱的光亮
照着前行的坎坷
我会把梦　诗歌及还未献出的花朵
收拾在行囊
连同疼痛　一起背走

立夏前的一场雪

立夏前的一场雪
下得诡异　苍凉

一朵又一朵的突袭
在树的头顶死亡

蓝裙子的姑娘
丢了眉笔

一枝莲欲开未开
半亩水域泛起荒唐

天尽头云影徘徊
舞台上手起刀落

我面无血色
呆立在一群蚂蚁的尸体旁

雨

我都笨拙得不会再用什么比喻了
雨　扑簌簌打湿了我下午的时光

太阳肯定在你的胸膛里憩息
说不准　它还在炙烤你小肠末端的那点豆影

天和地从没有如此零距离接触
因为雨　它们一起走在回家的路上

新鲜的树木和草　还有一些灿然怒放的花朵
把一块生锈的铁钉在了一段颓墙上

我曾努力过多次　想把你彻底遗忘
但雨　一针一线缝缀起二十年的相思日月

杏 花

我伏在一朵杏花上　倾听
它内心的秘密

阳光在满山遍野的杏林间流动
金色与白色　我的梦之色

忍不住抚摸它的花蕊
让我想起你圣洁而柔软的脸庞

群山在春水的激荡下躁动起来
奔走的石头　被花香包围

我在野草露头的山畔上　回望
一只蜜蜂孤独地穿梭

我常在

实际 我常在
你的身边

趴在你窗前的阳光上
看你阅读一张莫名的地图

伏在你桌边的兰花丛里
听你轻轻的叹息击落微尘

藏在你素蓝的枕巾下
听一朵花在纠结中败落

甚至 附在一枚书签上
享受你的抚摸与关注

实际 我是一种声音
一种被幸福和疼痛撕扯的声音

我埋藏的不是你

我埋藏的不是你　是你的影子
——尾随了我二十多年的魔鬼

我没有准备香　纸钱　烛火
满天的星星与月光
覆盖一具莫名的悲伤

我从群山里走出　清瘦的
像一支骨骼清奇的竹

远望水草晃动的田野
我欲振翅　怎奈
丢了翅膀

春 雨

春雨急急　桃花杏花
在岔路口等候

她们知道我要来
一夜间打扮得俏丽无比

我无伞　斜斜的花香
翻动我内心的伤

群山在一只鹰的翅膀下发萌
前世相约的人　竟然没来

哦　春雨笼罩了我的山河
我不想问　你去了哪里

王 妃

阳光　露水　或香
如若永驻你白皙的面庞
如若　把四季的风采
定格在你的身上

那么　你就向我伸出双手
我会从我的诗歌王国里
取出草木　山河　日月　和
千姿百态的花朵

连同我不败的风骨　以血制药
连同我掌上的风情　以露为珠
都交给你　把你打扮成
这个世界上无与伦比的王妃

野苜蓿也开花了

野苜蓿也开花了
她体内的雨水
催生了一片不可思议的春天

在人世间行走
最可怕的是　你的沉默
击溃了我

星星统治的黑夜
我找不到哪一颗是你
多情的风是我内心的波澜

野苜蓿的花香
紫腾腾地罩住红月亮
红月亮的红　羞涩地飞走

我是个行者　也是个歌手
左手野苜蓿　右手莲
我在春天的芬芳里裸泳

转 身

就这样吧　我在你的注视下
转身

转身　完成了一个轮回
转身　兑现了一次契约

今世之门　远离城堡
我又回到没有泥土的根部

一声叹息　一朵莲
零落的经幡搅浑一方蓝天

我在一片雨下　舐吻
日渐庞壮的勇气和瑟缩的残香

我把心重新安放　围着它的
永远是赤热的血液

不要这样急

不要这样急
催我上路
你看粉面桃花还在等
你看杏花　还如羞涩的少女
一个劲地白

我矮下去的时候　春天
就扼不住地开始疯长
连同它内心的情怀
阳光像丝绸　呼啦啦地飘
覆盖了这明媚的尘世

不要这样急
我的身后　是三条未知的路
让我静静地盘坐于岔口
谛听远方的脚步　是否
你疲惫的跫音

我专注于这片刻的宁静
专注于这一丝不苟的流动
四周的花草在虚无中生长
世界只有我　如佛
坐在你心中

在雨中奔跑

不经意间　春雨就来了
它错落有致的响动　如鼓点
催我奔跑起来

人影幢幢　我仿佛在撞
一堵又一堵的墙
光亮在很遥远的地方
天与地都在我的脚下

我在雨中奔跑
暗恋　也在奔跑
疏散与聚拢
不知是前世的约还是今生的痛

我是一个灵魂的舞者
我不能没有爱　不能没有爱情
不能没有你柔软的香
不能没有你的喝彩

在雨中奔跑　我以沉默
突破箭阵　斩落旌纛
内心的音乐
就是一条波澜不惊的河

打电话

打电话是最奢侈的事
也是一天中
最幸福的时刻

之后是忙音
之后是失落
之后是枯坐……

我的心啊　如鸽子
飞起又落下　落下又飞起
一次次　扇动疼痛的翅膀

我看到电话那头的你

我看到电话那头的你
枕着时光之书
翻阅半壁江山

我知道这世间有一种真
是奋不顾身的爱　和
奋不顾身的痛

激情储满每一个细胞
火焰在每一滴水中燃烧
我隐隐地感到你蝉翼般的颤动

我已修炼成佛　一尊爱佛
揽攥所有的阳光　镀你　镀我
镀一段黄金岁月

问世界谁是我

左手是春　右手是秋
我那可怜的夏哟
嘚瑟着半亩方塘

一半是莲香　一半是薄霜
我那渺小的心愿哟
闪过一丝寒光

问世界谁是我
沉默的是山
奔腾的是河

后　记

说心里话，我原来不想为这部诗集写点文字了，我觉得我要表达的或读者需要理解的，全在诗里了。况且破破先生在序里把这部诗集诠释得非常到位，如果我在后记里再饶舌无异于画蛇添足。然而，前不久，偶尔翻阅神木青年作家张亚斌的《问道陕蒙》，里面的一段文字深深地打动了我。他说："一部作品的诞生，是需要一种机缘的。这就和一段感情一样，萌生爱念并非瞬息之间的热情所致，而是恒久的、敏感的、触及灵魂深处的，那种像流质一样渗透骨髓的愉悦感，加上从未有过的幸福感和成就感，才能促就。"这段话引发了我强烈的共鸣，感觉到有必要为这二百多首诗写点文字了。

这是我二十多年来陆陆续续写下的爱情诗，歌唱一位月光下的女子，她如莲一样静雅而端庄，她的美丽与才情无异于星空上巡游的红月亮，弥散着令夜幕陶醉的芬芳。

——这是一部用心写就的诗集。

我常常想，苍茫而喧闹的尘世，每天都上演着无数幕爱的悲喜剧，给年轻的心以惊醒，给夜行者以慰藉，给短暂而漫长的时间以惊叹，但不管怎样，真爱总是一抹动人的亮色。

我不想我的诗能够给这个社会带来什么，即使想，也不可能达到。在这个荒凉而浮躁的感情世界里，我追求的是真与诚，追求的是"一点触动"，一首短诗甚或一句能够打动你，足矣！

这部诗集里的不少诗曾在微信上发出过，引发不少的唏嘘与感叹，也收获了不少掌声与点赞。甚至有的微友把诗引入他的文章中，令人欣慰。有的微友留言：“品读你的诗让我的灵魂舒展，自由放纵，飞翔在天空，其他诗人不去上心”；有的微友留言“你的诗在风情万种的春天探密心中的花园”；有的微友留言“空气中，你的香为我的记忆生出翅膀，也觉得特好，桃花的香引出了人的感情中风花雪月的痛”；有的微友留言“你的诗让人细细品读才能悟到其中的韵味”；等等，不一而足。

其实，诗的教化作用微不足道，它更多的是心灵润滑剂，有时像草尖上的露珠，至纯至洁；有时像山涧的浪花，至真至美；有时像月亮之晕，朦胧而柔美；有时像太阳雨，润心无声……

常有人说，诗歌现在没有市场了，谁还在读诗？！但不读诗，我们的精神世界不是缺少了点什么吗？真的诗，你不读不是有点遗憾吗？

漂亮人生，诗花点缀。

照例在后记结尾要写一通感谢的话。感谢青年诗人破破才华横溢的序，感谢市委常委、市委宣传部部长李博，常务副部长沈效功，宣传科科长贺引忠对我的关心与支持，感谢我的好友刘福雄、王栓祥、杨清和等人对本书的顺利出版给予的鼎力相助，感谢我单位杨阳女士在前期诗稿的整理编辑中付出的巨大劳动，感谢诗人、宁夏人民出版社唐晴女士的真诚帮助，唉，要感谢的人很多，都记在心里吧。

最后忍不住蹦出一句：天若有情天若老，此情成诗已沧桑。

是为后记。

2016.7.26